GUÍA DE LECTURA

Escrita por Nathalie Roland
Traducida por Tamara Montes Blanco

El príncipe

de Nicolás Maquiavelo

Resumen Express.com
Guía de Lectura
Cincuenta sombras de Grey
por E.L. James

NICOLÁS MAQUIAVELO

HOMBRE POLÍTICO Y ESCRITOR ITALIANO

- **Nacido en 1469 en Florencia (Italia)**
- **Fallecido en 1527 en la misma ciudad**
- **Algunas de sus obras:**
  - *El príncipe* (1513), obra política
  - *Discursos sobre la primera década de Tito Livio* (1513-1519), obra política
  - *Del arte de la guerra* (1521), obra política

Testigo privilegiado de las guerras que afectan a Italia y a su ciudad natal, Florencia, Nicolás Maquiavelo (1469-1527) inicia una carrera política en 1498. Trabaja como secretario de la cancillería de la República de Florencia y se ocupa de los asuntos extranjeros y de interior, así como de la guerra. En consecuencia, se tiene que presentar ante el rey de Francia, el papa o el emperador en misiones diplomáticas. Escribe varias obras, como *El príncipe* (1513, publicada en 1532), *Discursos sobre la primera década de Tito Livio* (1513-1519) o *Del arte de la guerra* (1521), además de redactar una historia oficial de su ciudad, *Historia de Florencia* (1521-1525), y algunas obras de teatro, como *La mandrágora* (1513).

EL PRÍNCIPE

UN TRATADO POLÍTICO

- **Género:** ensayo político
- **Edición de referencia:** Maquaivelo, Nicolás. 1983. *El príncipe*. Traducido por Francisco Javier Alcántara. Barcelona: Planeta
- **Primera edición:** 1532
- **Temáticas:** poder, sabiduría, política, pragmatismo, sociedad, pueblo

Maquiavelo escribe *El príncipe* en 1513 para acercarse a los Médici, una importante familia florentina recién llegada al poder. Pero la obra no tiene éxito y no se publica hasta 1532. El título original, *De principatibus* (*De los principados*), tiene su origen en el término «*princeps*» (el primero, la cabeza, el que dirige) y alude a todas las formas de gobierno.

En este tratado filosófico sobre la política italiana e internacional de principios del siglo XVI, Maquiavelo analiza lo que ha existido y busca una solución práctica a la inestabilidad política en Italia, basándose en sus experiencias. Este libro genera un gran número de críticas, como lo demuestra el sentido negativo de la palabra «maquiavélico», derivada del nombre del autor.

RESUMEN

Dedicatoria: a través de este medio, el autor coloca su obra bajo la protección de alguien poderoso y además le asegura una cierta publicidad. Maquiavelo ofrece su libro a Lorenzo de Médici, duque de Urbino, y presenta esta obra como una serie de lecciones sobre el modo de gobernar.

CAPÍTULO 1

El autor diferencia la naturaleza de los Estados (las repúblicas y los principados hereditarios o nuevos) y los modos de adquirirlos (armas, fortuna o virtud).

CAPÍTULO 2

Elige concentrarse en los principados nuevos y la manera de gobernarlos.

CAPÍTULO 3

Se interesa en particular por el caso de los principados nuevos «mixtos», es decir, conquistados por un extranjero. En este caso, el príncipe ha de desconfiar de su entorno y de su fidelidad. Para reinar, debe cuidarse de guardar el favor de sus súbditos e integrar el nuevo Estado en un conjunto mayor.

CAPÍTULO 4

Maquiavelo se pregunta sobre las dificultades que suponen

conservar un nuevo Estado. Para él, el problema viene del entorno del príncipe, ya esté compuesto por ministros o por barones. Compara el lugar que ocupan los poderosos junto al sultán turco y al rey de Francia.

CAPÍTULO 5

Se interesa por el modo de gobernar los Estados habituados a tener libertades. En este caso, es necesario bien suprimir las viejas leyes, bien vivir con ellas, bien imponer un impuesto y designar como jefe a un amigo. Bajo su punto de vista, hay que «contar con sus ciudadanos» (Maquiavelo 1983, 23), salvo en las repúblicas, conde es mejor destruirlos para poseerlos.

CAPÍTULO 6

El autor estudia varios ejemplos de príncipes de la Edad Antigua cristiana o pagana que adquirieron un principado por las armas y la virtud: Moisés, Ciro, Teseo, Rómulo y Hierón de Siracusa.

CAPÍTULO 7

A continuación, se interesa por los príncipes que han adquirido sus bienes gracias a las armas y a la fortuna de los demás. Estos siguen dependiendo de aquellos que les han ayudado a tomar el poder. Pone dos ejemplos contemporáneos: el éxito de Ludovico Sforza (1452-1508) en Milán y el fracaso de César Borgia (1475-1507) en Romaña.

CAPÍTULO 8

Maquiavelo aborda el caso de los príncipes que obtienen un principado por medio de la violencia. No se opone a su uso, pero explica que hay que concentrarla: «Es mejor hacer de una vez todo el mal que deba hacerse, pues las ofensas menos hieren cuanto menos se repiten» (Maquiavelo 1983, 44).

CAPÍTULO 9

Finalmente, Maquiavelo analiza el caso de los principados civiles donde el príncipe obtiene el poder gracias al pueblo. El príncipe debe entonces encontrar un equilibrio para conservar la benevolencia de su pueblo con el consejo de los poderosos. El autor insiste en un punto importante: «un príncipe necesita contar con la amistad del pueblo» (Maquiavelo 1983, 47), especialmente comprometiéndose a protegerlo. Además, a fin de mantener el equilibrio, el príncipe debe intentar convertirse en indispensable.

CAPÍTULO 10

Sobre la cuestión de las fuerzas armadas, el príncipe siempre debe saber si tiene recursos suficientes como para defenderse solo o si necesita recurrir a aliados.

CAPÍTULO 11

El autor alude al caso particular de los principados eclesiásticos, difíciles de adquirir. Los príncipes italianos han concedido poca importancia al papado. Sin embargo, los dos últimos papas (Alejandro VI y Julio II) muestran que son príncipes poderosos.

CAPÍTULO 12

Visto que el Estado se fundamente en «las buenas leyes y las buenas armas» (Maquiavelo 1983, 57), Maquiavelo se interesa por los peligros de las tropas mercenarias, ya que «los soldados mercenarios viven desunidos, son ambiciosos, indisciplinados, desleales, altaneros entre amigos, cobardes frente al enemigo» (*íbid*.). Los considera responsables de la situación italiana.

CAPÍTULO 13

Maquiavelo critica al príncipe de tropas auxiliares, es decir, el empleo de militares extranjeros como refuerzo de un ejército personal. Bajo su punto de vista, el único ejército válido es el ejército personal y organizado, ya que él estima que no conviene nunca utilizar a soldados de otros.

CAPÍTULO 14

A continuación, explica que el príncipe debe ejercerse en la guerra por el espíritu (leer libros de historia para imitar a los hombres excelentes del pasado) y por los actos (cazar, hacer ejercicios militares con las tropas o aprender la geografía del terreno).

CAPÍTULO 15

Maquiavelo aborda un nuevo tema: el modo en el que un

príncipe debe comportarse con sus súbditos y amigos. Constata que «quien quiera obrar en todo como hombre bueno, necesariamente fracasará rodeado de malos» (Maquiavelo 1983, 72). Por consiguiente, el príncipe no puede tener todas las cualidades: debe entonces aprender a «poder ser no bueno» (*ib.*) y huir de la mala reputación.

CAPÍTULO 16

Entre las cualidades, Maquiavelo trata en primer lugar la generosidad y la parsimonia. El príncipe no debe temer ser considerado avaro. De hecho, solo debe mostrarse generoso con lo que no le pertenece, ya que «el gastar lo de gentes extranjeras no [l]e quita la fama, sino que [s]e la aumenta» (Maquiavelo 1983, 76).

CAPÍTULO 17

A continuación, examina la clemencia, pero estima que no hace falta demasiada, si no se crea el desorden. Concluye que «es mucho más seguro ser temido que amado» (Maquiavelo 1983, 78).

CAPÍTULO 18

Se interesa también por la lealtad y constata que los que triunfan utilizan generalmente la astucia. Estima que el príncipe debe saber combatir como los hombres con las leyes o como los animales con la fuerza (león) o la astucia (zorro). Es más, el príncipe debe «disfrazar bien [su] propio carácter y ser gran disimulador» (Maquiavelo 1983, 82).

CAPÍTULO 19

A continuación, Maquiavelo analiza las relaciones entre el príncipe y el pueblo. El príncipe debe temer a este último, como a los enemigos extranjeros, y protegerse de él con buenas armas y buenos amigos. Debe evitar ganarse el odio de la gente y contentar a los poderosos para evitar los complots y las revueltas. El autor examina la actitud de emperadores romanos de cara al pueblo. El príncipe también debe encontrar un equilibrio entre el ejército y el pueblo, que tienen deseos opuestos.

CAPÍTULO 20

Según Maquiavelo, es necesario que una parte de la población esté armada para mantener su confianza y evitar contratar mercenarios. Para protegerse, el autor estima que «[l]a mejor fortaleza que pueda darse es el amor al pueblo» (Maquiavelo 1983, 101).

CAPÍTULO 21

El príncipe también debe procurar dar buenos ejemplos, tomar partido en vez de mantenerse en una posición neutra, no colaborar nunca con personas más poderosas que él y fomentar el ejercicio de los oficios por parte del pueblo.

CAPÍTULO 22

El autor insiste en la importancia de la elección de los consejeros del príncipe: le es necesario un ministro que actúe en beneficio del príncipe y un entorno compuesto de personas capaces y fieles.

CAPÍTULO 23

Critica las cortes repletas de aduladores y aconseja al príncipe que se rodee de hombre sabios y que escuche las opiniones, pero que decida por él mismo.

CAPÍTULO 24

Maquiavelo se interesa por la situación en Italia: los príncipes italianos perdieron sus Estados a causa de un defecto del ejército, de una población enemiga o de la revuelta de los poderosos.

CAPÍTULO 25

Maquiavelo expone el núcleo de su teoría: mientras que muchos piensan que Dios y la fortuna dirigen todo, él cree que el hombre tiene una parte de libertad. El príncipe debe, por lo tanto, tener virtudes, pero sobre todo mostrarse capaz de adaptarse a los cambios de la fortuna, o mejor dicho: someterla a su propia voluntad.

CAPÍTULO 26

Maquiavelo termina su obra con un alegato vibrante de connotaciones religiosas para que Lorenzo de Médici sea el príncipe que libere a Italia del «bárbaro dominio» (Maquiavelo 1983, 123).

PUNTOS DESTACADOS

ITALIA EN LOS SIGLOS XV Y XVI

El príncipe está marcado por los acontecimientos que Maquiavelo ha vivido desde su infancia en Italia y en Florencia. En el siglo XV, el país está dividido por completo en diferentes pequeños estados rivales e independientes, especialmente la República de Venecia, Roma y las tierras papales, el Reino de Nápoles o incluso el Ducado de Milán y de Florencia.

A finales del siglo XV, Italia se convierte en una meta importante para las potencias extranjeras. De hecho, el rey de Francia, Carlos VIII (1470-1498), pertenece a la familia de Anjou y hereda los derechos que esta dinastía posee sobre el Reino de Nápoles. En 1494, inicia una expedición para apoderarse de él, es el comienzo de las guerras de Italia. Poco tiempo después de haber conquistado Nápoles, la pierde en favor del rey de Aragón.

En 1497, Luis XII (1462-1515), sucesor de Carlos VIII, quiere hacer valer sus derechos de heredero sobre el Ducado de Milán como hijo pequeño de Valentina Visconti, hermana del último duque de Milán. Tras haber vencido a este último, se apropia del ducado e instala un gobierno sometido a Francia. Recupera las ambiciones de su predecesor, se dirige a Nápoles y expulsa al rey de Aragón (1500). Luis XII se alía con el papa Alejandro VI de Borgia (1431-1503) y deja que el hijo de este, César Borgia, cree un Estado que engloba la Toscana y la Romaña. Con la muerte del papa, Francia pierde un valioso aliado. Entonces, en 1508, se alía con el nuevo papa Julio II y con el Imperio para recuperar las ciudades que Venecia tiene bajo su control. En 1511, Julio II (1433-1513), preocupado por las ambiciones de Luis XII, constituye la Santa Liga (compuesta por el papa, Venecia, Aragón, Suiza e Inglaterra) para expulsar a los franceses y restablece el prestigio del poder papal: Francia se muestra victoriosa inicialmente, pero en 1513 pierde sus posesiones.

La historia de Florencia se inscribe en este ambiente de guerra. A manos de la familia Médici desde el primer tercio del siglo XV, la ciudad es un rico centro artístico y económico. Pero, en 1492, una revolución llevada a cabo por el monje Savonarola, que predica un modo de vida más austero y critica la tiranía de los Médici, expulsa a estos últimos de la ciudad. Tras haberse hecho con el poder, instala una dictadura teocrática, dándole así todos los poderes a Dios y a los sacerdotes. Excomulgado por el papa, después abandonado por el pueblo, Savonarola es encarcelado, torturado y después quemado vivo. En 1498, se instaura la República. Maquiavelo ocupa en ella un lugar importante, especialmente para resolver los conflictos internos y externos. En 1512, los Médici, ayudados por las tropas españolas, vuelven a ponerse al frente de Florencia y Maquiavelo es condenado al exilio.

En resumen, Maquiavelo redactó su obra en el contexto de una Italia destrozada por las guerras, las rivalidades y los complots, que sufre la dominación de soberanos extranjeros. Desde un punto de vista personal, se encuentra excluido de todas las funciones políticas como consecuencia de los

Médici y busca desde entonces ganarse su favor.

- 12 -

CLAVES DE LECTURA

UN PROCESO LITERARIO: LOS EXEMPLA

Los *exempla* designan anécdotas o historias más o menos largas, reales o ficticias, con una moraleja, utilizadas por los autores del Renacimiento para ilustrar sus ideas. Pueden servir para mostrar aspectos positivos o negativos. El objetivo es hacer comprender un concepto a través de una historia memorable para permitir así que la mente la recuerda.

En el caso de Maquiavelo, los *exempla* tienen varios orígenes o formas:

- utiliza ejemplos contemporáneos: señores italianos (Francisco Sforza, Maquiavelo 1983, 59), papas (Alejandro VI, Maquiavelo 1983, 82.; Julio II, Maquiavelo 1983, 7) o soberanos extranjeros (Fernando de Aragón, Maquiavelo 1983, 103; Luis XII, Maquiavelo 1983, 75);
- se basa también en ejemplos de la Edad Antigua: de hecho, en el Renacimiento, los autores vuelven a hacer honor a los antiguos, a los que consideran mejores que los de la Edad Media:
- por un lado, a través de los ejemplos paganos antiguos. En este caso, visto que la religión cristina ocupa un lugar importante, los autores del Renacimiento seleccionan rigurosamente los ejemplos y escogen los que son dignos de los cristianos. La mayoría de los modelos citados por Maquiavelo aluden a hombres políticos o guerreros griegos (Filipo de Macedonia, Maquiavelo 1983, 14; Alejandro Magno, Maquiavelo 1983, 20), romanos (los emperado-

res, Maquiavelo 1983, 89-96) o persas (Darío, Maquiavelo 1983, 21; Ciro, Maquiavelo 1983, 26), pero también hacen referencia a los grandes autores de la literatura antigua (Virgilio, Maquiavelo 1983, 77; Tito Livio, Maquiavelo 1983, 120) o incluso a héroes mitológicos (Teseo, Maquiavelo 1983, 28);

- por otro lado, por vía de ejemplos antiguos cristianos. Así, Maquiavelo cita a menudo a personajes de la Biblia como Moisés (Maquiavelo 1983, 28, 119 y 121) o David (Maquiavelo 1983, 66);

- igualmente utiliza los animales que simbolizan, desde la Edad Media, una cualidad o un defecto. Los lectores de la época comprenden de este modo que el león representa la fuerza y el zorro la astucia, mientras que los lobos pasan a ser la representación del mal.

EL GÉNERO DEL ESPEJO DE PRÍNCIPES

En algunos aspectos, la obra de Maquiavelo se parece a un espejo de príncipes. Se trata de un género literario de moda entre los autores del Renacimiento y estaba destinado, como su nombre indica, a la educación de príncipes y gobernantes. El autor muestra buenos y malos ejemplos de gobernantes de la Edad Antigua pagana, cristiana y de su época, de tal manera que describe la imagen de un príncipe ideal, sabio y prudente.

A lo largo de su historia, Maquiavelo enumera cierto número de cualidades que el príncipe debe tener: debe mostrar prudencia, sabiduría, patriotismo, grandeza, valentía, seriedad y firmeza; debe rodearse de hombres sabios; no debe ser inactivo y no debe pensar en su enriquecimiento personal.

Pero Maquiavelo, de todos modos, se aleja de este género:

- porque no propone un ideal, sino más bien un análisis de los hechos;
- porque mantiene propuestas contrarias a la sabiduría, la virtud moral y la justicia. Por ejemplo, explica que el príncipe puede hacer uso de la violencia, suprimir a los príncipes legítimos o mostrarse manipulador.

MAQUIAVELO Y EL MAQUIAVELISMO

En su origen, el maquiavelismo designa la teoría de Maquiavelo. Pero, en la actualidad, este término y el adjetivo «maquiavélico» están más bien asociados a la perfidia, la deslealtad, la astucia, la falta de escrúpulos o la hipocresía.

Esta interpretación proviene de numerosas controversias nacidas desde la publicación de la obra del autor: en 1576, el francés Innocent Gentillet publica una crítica a las teorías de *El príncipe*, mientras que en 1640-1642, otro francés, Louis Machon, defiende el pensamiento de Maquiavelo. La crítica más célebre de la obra sigue siendo *El antimaquiavelo* (1740) del joven Federico que llegará a ser rey de Prusia y no dudará en emplear las ideas que rechazaba para afirmar su poder absoluto.

Varias razones han llevado a ciertos eruditos a oponerse a la teoría de Maquiavelo:

- el autor rompe con la tradición antigua que une política y

ética: así, incita al príncipe a no tener en cuenta la moral si esta impide que conserve su Estado;
- cuestiona la religión: ya no es la base del poder, sino una herramienta del mismo.

Para comprender estas críticas y las ideas de Maquiavelo, es necesario ser consciente de que:

- el objetivo de Maquiavelo no es proponer un ideal, sino una solución práctica sobre la manera de adquirir y conservar el poder;
- la visión negativa del autor es inseparable del contexto y de la urgencia de la situación italiana de la época.

UNA OBRA HUMANISTA

El humanismo designa un movimiento de renovación en las letras y el pensamiento (visión del mundo, tipos de conocimiento, modelos literarios y artísticos, tradiciones, instituciones, etc.) que nace en Italia en el siglo XIII y que después se extiende a toda Europa hasta el siglo XVI. Se caracteriza principalmente por el redescubrimiento del saber de la Edad Antigua y por una confianza mayor en el hombre.

En el caso de Maquiavelo, los especialistas hablan de humanismo cívico o republicanismo clásico: como otros autores, participó activamente en la renovación de la vida política.

El príncipe recoge varias características humanistas:

- Maquiavelo convierte a Roma y al Imperio romano en el modelo por excelencia: alaba por ejemplo «la fuerza

y continuidad de su imperio» (Maquiavelo 1983, 22) o estudia las elecciones políticas de ciertos emperadores;
- reproduce los textos de autores de la Edad Antigua: cita especialmente a Virgilio y a Tito Livio (cuyos textos comentará más tarde), pero igualmente a otro humanista, Petrarca;
- coloca a un hombre en el centro de las reflexiones de su obra (el príncipe) y no a la religión, como es el caso en la Edad Media;
- se interesa por la moral y la filosofía política, campos que han preocupado a un gran número de humanistas;
- escribe para educar a un príncipe, cuando los humanistas consideran que la educación es de gran importancia para formar hombres universales y modernos;
- utiliza *exempla* que son a la vez un medio pedagógico para enseñar la moral y, a menudo, una alusión a la Edad Antigua.

PISTAS PARA LA REFLEXIÓN

ALGUNAS PREGUNTAS PARA PROFUNDIZAR EN SU REFLEXIÓN...

- En 1516, Tomás Moro escribe *Utopía*, una obra especialmente destinada a la educación del príncipe. Compare las dos obras. ¿Tienen el mismo objetivo? ¿Cuáles son los medios y modelos preconizados por ambos autores?
- ¿Es Maquiavelo maquiavélico? Encuentre los elementos que han podido llevar a ciertos lectores a ver en su obra descarríos.
- *El príncipe* se describe a menudo como la teoría de acciones políticas. ¿Qué significa esto en su opinión? Explíquelo por medio de ejemplos.
- Maquiavelo hace alusión en varias ocasiones a los turcos (Maquiavelo 1983, 10, 20 y 95), considerados sin embargo enemigos del cristianismo. ¿Qué dice él de esto? ¿Pueden convertirse en ejemplo para el príncipe?
- En varias ocasiones, Maquiavelo compara la política con la medicina (Maquiavelo 1983, 13-14 y 67). ¿Cuál es el origen de este paralelismo y cuál es su objetivo?
- Hay quienes resumen la filosofía de Maquiavelo afirmando que corresponde a la expresión «el fin justifica los medios». ¿Qué argumentos de Maquiavelo van en este sentido? ¿Hay en la historia otros tipos de gobierno que hayan aplicado medidas parecidas?
- En su obra, Maquiavelo propone varios modelos de príncipe. ¿Cuáles son? ¿Qué cualidad(es) o defecto(s) representan?
- «El príncipe no ha de tener otro objetivo ni otra preo-

cupación que no sea la guerra y su organización y disciplina» (Maquiavelo 1983, 69). Comente esta frase. ¿Por qué la guerra ocupa un lugar tan importante en la obra de Maquiavelo?

- ¿Cómo describe el autor la relación entre el príncipe y el pueblo?
- En el capítulo 25, Maquiavelo piensa que el hombre tiene una parte de libertad. ¿Es esta idea innovadora para la época? ¿Corresponde a otros discursos sobre la libertad del Renacimiento?
- Maquiavelo declara que «Italia se vio invadida por Carlos, saqueada por Luis, forzada por Fernando y vituperada por los suizos» (Maquiavelo 1983, 62). Comente esta observación con respecto a la realidad histórica.

¡Su opinión nos interesa!
¡Deje un comentario en la página web de su librería en línea,
y comparta sus favoritos en las redes sociales!

PARA IR MÁS ALLÁ

EDICIÓN DEL TEXTO

- Maquaivelo, Nicolás. 1983. *El príncipe*. Traducido por Francisco Javier Alcántara. Barcelona: Planeta.

ESTUDIOS DE REFERENCIA

- Bergès, Michel. 2000. *Machiavel, un penseur masqué?* Bruselas: Éditions Complexe, colección *Théorie politique*.
- Skinner, Quentin. 2008. *Maquiavelo*. Traducido por Manuel Benavides. Madrid: Alianza Editorial.

ResumenExpress.com